때로는 아픔마저 사랑이었다

황다연 시집

시음사
시사랑음악사랑

삶의 발자취가 詩가 되어
아름다운 말의 꽃을 피우는 황다연 시인

이다음에 내가 죽어 흙이 될 때 / 너는 내 몸 딛고 뿌리내려 / 들판에 지천으로 널린 들꽃으로 피렴 / 이 글귀는 황다연 시인의 '시꽃 친구야' 중에서 한 부분을 발췌한 것이다. 여기에서 시인이 얼마나 詩를 사랑하고 늘 함께했는지 알 수가 있다. '詩'가 삶의 동반자가 되어 어느 순간이 와도 함께할 수 있다는 것은 그만큼 내적으로 부유하고 지적으로도 충만하다는 것이다. 자신이 죽어서 그 뿌리를 지탱하는 거름이 되어 곳곳에 시향을 전하려는 그 마음이 하나하나 모여 아름다운 열매로 맺혀 황다연 시인의 첫 시집 "때로는 아픔마저 사랑이었다" 시집이 세상에 빛을 보게 되었다. 때로는 바람으로, 구름으로, 꽃으로, 나무로, 자연의 모든 만물과 그리고 기쁨과 슬픔, 외로움, 그리움, 삶의 희로애락을 담아 시인의 눈으로 보고 마음으로 느낀 모든 것을 담아 노래했다.

황다연 시인의 시집 "때로는 아픔마저 사랑이었다" 시집을 보게 되면 엄마 품속처럼 따뜻하여 포근함과 위로를 얻을 수 있고 세월의 흐름 속에서 지혜와 교훈적인 내용도 들어있으면서 편안함을 주기도 한다. 우리는 살아가면서 많은 사람을 만나고 또 많은 것을 접하면서 산다. 그 과정에서 때로는 상처받기도 하고 위로받기도 하고 아옹다옹 다투기도 하지만, 그 속에 따뜻한 온기가 흐르는 사랑이 있음을 안다. 그 사랑이 있기에 오늘도 힘차게 용기 내어 살아갈 수 있고 희망을 꿈꾸며 나아갈 수 있다. 황다연 시인의 시집 중에 '말에도 꽃이 핀다' 시를 보면 '꽃을 피울 것인가 / 상처를 줄 것인가 / 나 자신에게 달려 있다 / 화술을 연마하여 / 정녕 꽃 피울 수 없을 때는 / 차라리 침묵할 일이다. 라는 것처럼 가끔은 백 마디 말보다 침묵이 더 많은 것을 깨우쳐 주기도 하고 위로를 주기도 한다.

시인은, 말에도 씨가 있어 좋은 씨앗을 골라 심고 가꾸어, 예쁜 말의 꽃을 피워 시집에 담으려고 했다. 그리고 세상의 좌판대에 내놓았다. 이제 그 꽃이 많은 독자의 손에 들려 행복의 미소 띠길 바라는 마음으로 "때로는 아픔마저 사랑이었다" 시집을 기쁘게 추천하면서 황다연 시인의 시집 출간을 축하한다.

(사)창작문학예술인협의회 부이사장 박영애

시인의 말

삶의 목록이 하나둘 늘어갈수록
마음의 평안은 되려 멀어졌습니다.
생각과 생각을 지나온 것들이
지친 심신을 달래주기도 하지만
오히려 내 사색을 방해하기도 했습니다.
빛이 들어오면 어둠이 물러가듯이
나이가 들어가니 그간 보이지 않던 것들이
희미하게나마 보이기 시작했습니다.
지금까지 살면서 내게 손잡아 준 사람들과
길잡이가 되어준 사람들이 많습니다.
고맙고 감사드립니다.
애당초 품었던 꿈을 다 이룰 수는 없습니다.
그렇지만 마음이 희망을 구가할 때
한 줄 한 줄 시어가 내게 다가왔습니다.
이 침묵의 말이 위로가 되면 좋겠습니다.

2022년 가을에
황다연

* 목차

1부

2부

3부

4부

* 목차

5부

6부

QR코드 스마트폰으로 QR 코드를 스캔하면
시낭송을 감상할 수 있습니다 본문
시낭송
감상하기

 제목 : 샤론로즈꽃
시낭송 : 조한직

 제목 : 여명
시낭송 : 박영애

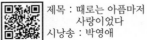 제목 : 때로는 아픔마저
사랑이었다
시낭송 : 박영애

 제목 : 파트너
시낭송 : 박영애

 제목 : 말에도 꽃이 핀다
시낭송 : 최명자

 제목 : 아름다운 그녀
시낭송 : 박영애

 제목 : 어머니
시낭송 : 박영애

 제목 : 긴 여정 함께할 그대
시낭송 : 박영애

시인은 자연을 이야기하고 시낭송가는 자연을 품었다
글자는 날개를 달아 언어로 날고 소리는 자연에 눕는다

1부

희망의 빛 어깨 넘어
웃자라 키만 큰 줄 알았던, 꿈의 씨앗
허비한 세월 아니라며
초록으로 일어서는 봄이란다

「일어서는 봄」 중에서

詩 꽃필 때

여름 다녀간 산책로에
가을빛 하늘이
내려앉아 노닐 때

사색의 문을 연 문구가
사각의 틀 안에 나란히 서서
오가는 길손 맞이한다

삶이 꽃으로 피고
바람이 구름이
묵언으로 말하는
글귀 앞에 멈춘 발걸음
공감을 얻어 냈을까

한참을 보고 또 보고
핸드폰 꺼내어 찰칵 한 컷

그리움을 찍어간다

까치설

떡 썰고 전 부치며
기다리는 마음

그 옛날
내 어머니 하던 일을
내가 지금 하고 있다

어디만큼 왔을까

분주하던 손길 멈추고
동구 밖으로 보내던 시선

어머니 모습 내가 되어
초인종 소리에 귀 기울인다

일체유심조

그립다 생각하니
그리움이 밀려오고

슬프다 생각하니
슬픈 마음 끌려온다

기쁘다 생각하면
기쁜 일 줄을 서고

행복하다 생각할 때
행복이 밀려오니

이런저런 생각이
내 마음의 주인일세

나이 드니 보입니다

젊은 날 보이지 않던 것들 나이 드니 보입니다

한 송이 꽃잎이 너무 고와 눈시울 붉어지고 처연하게
지는 꽃잎에서도 인생을 배웁니다

소록소록 봄비 내려 고마운 오늘, 내일은 물오른 나뭇
가지의 푸른 희망 볼 수 있겠지요

마냥 청춘인 듯 모르고 보낸 젊음도 이제는 투명한 유
리알처럼 잘도 보입니다

그땐 왜 그랬을까

후회 없는 삶은 없으므로 내게 주어진 것들의 고마움
에 꾸벅꾸벅 인사하며

내일을 축복으로 받으렵니다

일어서는 봄

지름길은 없다 하여
에움길 돌아 돌아가는 길
흔들리는 마음 위에
다짐의 꽃씨 싹을 보고도

불현듯 서럽게 우는
바람의 매운맛에 거친 호흡
뒤처지는 느린 속도
타협점을 찾지만 어림없는 일이다

걷고 뛰다 가다 보면
언젠가는 닿을 곳 속도가 뭐라고
한 자락 마음 깃에 접어둔 사랑
허기질 때 얻어지는 힘 되어

망설임 없이 다가와 불 밝힌
확신이란 그 단어
어느 사이 앞장서 안내자 되고
주춤하던 발걸음은 다시 용기백배

희망의 빛 어깨너머
웃자라 키만 큰 줄 알았던, 꿈의 씨앗
허비한 세월 아니라며
초록으로 일어서는 봄이란다

귀한 손님

찬 기운 가득하여
어젯밤 꼭꼭
창문을 닫았는데

아침에 문을 여니
찬바람 밀어내고
아장아장 아기 봄 걸어온다

베란다에 작은 화분
귀한 손님 맞으려
마른 가지 움 틔우고

꽃대 올리려는 성급함
땅속부터 들썩인다

샤론로즈꽃

설레던 새잎 시들해질 때

긴 그림자 드리운 채 시름에 젖고

생각지도 못한 꽃대 하나 솟아

떡잎 날개를 달 때면 덩달아 피어나던 무지개 꿈

가시에 찔리고 돌멩이에 챈 날은

퉁퉁 부은 상처 스스로 달래며 쓰라린 통증에 아파하더니

떡하니 두 줄기 희망의 빛 힘차게 뻗어

꽃망울 터트린 샤론로즈꽃이여

진한 감동 기쁨의 순간을 어찌 잊으랴

반짝이는 별 하나 지표 삼아

다시 시작된 먼 행로

샤론 향기에 취했던 기쁨 앞장세우고

주저 없이 또다시 먼 길을 떠나자

 제목 : 샤론로즈꽃
시낭송 : 조한직
스마트폰으로 QR 코드를 스캔하면
시낭송을 감상할 수 있습니다

15

커가는 나무를 보며

눈에 보이지 않는 성장통
그 깊은 속내 인내하느라
참 많이도 아팠겠다
모진 폭풍 비바람
뿌리째 뽑힐 위기도 겪었겠지
그저 얻어지는 게 없으므로
시간 속에 쌓인 고뇌는
정해진 방향으로 향하지만
가끔 뒤바뀌는 배경에
몸이 움찔했을 테다
꼿꼿이 커가는 나뭇잎 사이
햇살 한 줌 스며들면
가볍게 증명되는 풍화 속에
뒤엉키는 희로애락의 생활사
상처가 덧날 때마다 되뇌던 말
나의 길은 내 안에 있다

시냇물

졸졸 흐르는 시냇물
평화롭게 보여도

말이 없을 뿐이지
극복해야 할 일들
저나 나나 매한가지다

오염 물질 걸러내고
걸림돌에 부딪히며
상처 나고 무릎이 깨져도
흘러야만 하니까

그냥저냥 가는 거야
알 수 없는 힘에 떠밀려도
혼신으로 버티며
큰 바다 닿을 때까지

네 자매

짧게 지는 하루해에
아쉬움 걸어두고
추억 한 바퀴 돌아 나와
애잔한 눈빛으로 현재를 바라본다
넷이 마주한 자리에는
강가에 핀 강국보다 향기가 짙다
때론 티격태격
내가 옳다 네가 그르다 하지만
그 속도 깊이 보면
염려고 배려고 눈물 고인 사랑이다
찬밥 한 덩이 대접도 흉이 아니며
치부를 보여도 부끄럽지 않음이
자매 사이 아니던가
공유할 게 너무 많아
해 떨어짐도 모르고 보낸 시간
창밖에 어느새 짙게 깔린 어두움
미련 털고 일어서는 자리에
켜켜이 쌓은 네 자매의 정은
잠시 정적 속에 흐르고
따뜻한 온기가 배웅한다

가을 구절초

소리 없이 다가온 가을이 인사를 건넵니다

여름 잔해 벗겨낸 자리

잎새 이는 바람결에 묻어둔 사연 하나 꺼내어 매달
아 놓았습니다

가슴 저미게 따뜻했던 그때를 따라갔더니

절절했던 그리움의 시간은 뿌리 없는 나무가 되어

붉은 노을로 활활 타고 있었습니다

아련한 그리움 뒤로하고 돌아서는 길섶에

가버린 세월 따라와 손 흔들 듯 하얀 구절초 한들거
립니다

말에도 씨가 있습니다

말의 위력은 참으로 대단합니다

침묵은 금이고
한마디 말이 천 냥 빚을 갚았다는
옛말을 생각해 봅니다

말은 인격이고 품위입니다

생각은 곧 말이 되니
너그럽고 고운 마음을 갈고 닦는
연습이 필요할 듯합니다

한 송이 꽃을 피우기 위해
봄부터 온갖 새들이 노래하듯

고운 심성 밭에서는
심금을 울리는 아름다운 말이
꽃향기를 피워냅니다

상대를 향해 쏘았던 말의 화살이
부메랑이 되어 자신에게 돌아옴을
가끔 보기도 합니다

상대에게 힘이 되고 용기가 되는 말
그 한마디 말에서 한 사람의 인생을
성공으로 바꾸는 예도 있습니다

말에도 씨가 있습니다

좋은 씨앗을 골라 심고 가꾸어
예쁜 말의 꽃을 피워야겠습니다

혹시라도 누군가의 가슴에
무심코 남겼을 상처의 말이 없었나
살피는 시간을 가져봅니다

설연화

까닭 모를 야망에 이끌려
용기백배 나섰던 낯선 길
도달하기에는 아직 먼 거리인가

들어내도 무거울 짐 위에
너도 없고 또 누군가 없어놓고
흔들어 대는 이는 또 누구인가

모난 시선 거둘 때까지
잠시 쉼표 찍고 기다리면
또다시 부드러운 관계될까

희망의 깃발 들고
뚜벅뚜벅 앞장섰던 그 용기가
비틀거리며 흔들리는 날

하얀 눈을 뚫고 일어서는
설연화 한 송이
불현듯 샛노란 웃음으로 나타나
자기의 의지를 닮아보라 한다

*설연화 : 복수초의 다른 이름

밝아 오는 여명

둥근달이 서편 하늘을 넘더니

세상 근심을 잠재웠던 밤의 이불을 걷어낸다

모닥불 닮은 따뜻한 사랑이 그리워지는 가슴 시린 계절

꽃이 지고 그 향기마저 시든 들꽃에서 느끼는 애잔함

밤을 지켰던 가로등이 하나 둘 꺼지고 붉은 여명이 밝아온다

세상 속으로 걸어가야 할 시간

외로움으로 뒤척였을 샛노란 들국 향기가 나를 불러냈을까

발걸음에 씩씩함을 담아보지만 새벽 공기가 차다

제목 : 여명
시낭송 : 박영애
스마트폰으로 QR 코드를 스캔하면
시낭송을 감상할 수 있습니다

고운 가을빛

계절의 기슭 같은
가을 길을 걷는다

키 높이를 맞춘 쑥부쟁이가
길섶에 가지런히 피어 있다
누구를 기다렸는가

반가움에 한아름 꺾어와
토기 항아리에 꽂으니
익어가는 가을 향기, 집안에 가득하다

창문 열면 상쾌한 바람 찾아들고
소박한 행복의 삶에 손을 잡는다

참 곱다
내 여정에, 너라는 가을빛 존재
고운 향기로 가을을 완성한다

감사하는 삶

살아간다는 것은
내일의 꽃을 피워내기 위한
풍요의 발걸음을 딛는 것이다
갖가지 꽃을 심어 가꾸며
정원을 만드는 아름다운 과정이다
소소리바람을 견디고
어쩌다 노대바람 불어도
참아 내는 내공을 키우는 일이다
화분과 들꽃도 연분이 있듯이
키 큰 나무 불쑥 뿌리내려
쉴 수 있는 그늘이 되기도 하고
그 옆으로 흠뻑 햇살 내리는 일이다
생각지도 못한 꽃대 하나 솟아
뽀로롱 떡잎이 나오는 기쁨이면
가시에 찔린 상처도 치유되는 일이고
때때로 외로움 등에 업고도
무탈한 하루에 감사하는 일이다

용지 호수

말을 해서 뭐해요
와 보면 알아요
일년내내 감탄이 끊이질 않아요

잘 살펴보세요
잔잔한 호수를 곁에 두고
천천히 걸으며 주변을 살피다 보면
마음 급한 애기 동백
아장아장 걸어 나와
안녕하고 반갑게 인사 나눌 거예요

창원의 중심 여기에
터전 잡을 때부터
나는 큰 꿈 꾸었어요

사계절 하늘 품고
창원 시민 안식처 되어
비밀 애기 듣고도
발설하지 않겠다고 다짐했지요

힘든 일 있을 때 다 털어놓고 가세요
기쁠 때도 오셔서 자랑하고 가세요
시샘하지 않을게요
내 이름은 용지 호수예요

2부

작지만 힘찬 응원가 띵동띵동

나는 할 수 있다, 너도 할 수 있다
우리는 할 수 있다

「우리는 할 수 있다」 중에서

모난 돌멩이

바람은 생각 없이
이곳저곳 스치고 가지만
유독 모난 돌멩이 하나
아프다고 심술이네요

어떤 돌멩이는 어리석어
무심한 바람에 투정하면
무례하다 예의 없다
꽃을 닮으라 합니다

돌멩이는 돌멩이일 뿐
꽃이 될 수 없음을
미처 알지 못하는 바람은

성한 곳 없이 아프다는
모난 돌멩이 마음 위에
근심 한 조각 더 얹어놓습니다

여름날의 잔상

농익은 가을 산이 수채화를 그려놓고
유혹의 손길 뻗어 오니
누군들 거부하랴

맑은 개울물과 어우러진 산새의 음률은
여름 내내 새겨온 시간 속 흔적
화음을 맞추며 들썩인다

빛이 바래가는 잎새는
숭숭 가슴 뚫린 삶 내려놓고 갈바람에 흔들리다
허허로운 몸짓으로 낙하하는 신비로운 춤사위

듬성듬성 무리 지어
천연염으로 펼쳐놓은 오색 물결
뜨겁게 달구었던 태양의 작품일까

생명의 에너지 사그라들 때까지
빗장 풀고 쉼 하는 여름날의 잔상

자금성

푸른 잎 사이 뻗은 가지
자유분방 거침없더니

하늘나라 별님 불러 꽃 잔치 벌였다

알람 시간 오후 세 시 맞춰 두고
엄마별 아가별
녹색 가지 위에 모여앉으면

표현이 궁색하여
아 하는 감탄사 한마디
눈길 뗄 수 없는 명징한 느낌

베란다 지킨 별자리 비워두고
다시 하늘 올라가는 날
알알이 붉은 열매 그 흔적은

내년 여름에 다시 오겠다는
굳은 기약의 표상

그림 : 김연옥

30

멈춰버린 발걸음

아름다운 가을빛
빨갛게 물들기도 전
재촉당한 시간이 착각을 일으키니
홍시인지 생감인지 구분 짓지 못하고

싱싱하게 달려있던 생감
밤사이 떨어졌다

한참을 더 가야 만날 수 있는
노을빛 하늘
아름다운 노년을 꿈꾸었을 삶

쨍쨍한 햇살 중천에 걸어두고
이승에서 저승 가는 발걸음
현대 의학도 막지 못했다

연이어 들려오는 이웃의 비보
생의 물줄기가 막혀버린 듯
덩그러니 남은 안타까운 그림자

기억의 편린들이 새삼 아려온다

부처님 오신 날

반야 지혜 불 밝혀
우리 님 나투셨다

믿음으로 심지 삼고
자비로 기름 삼아
마음속에 불 밝혀
정진하라 이르신다

온 세상 연등으로
자비 광명불 밝힐 때

부처님 나투시어
귀한 설법 주시나니

민초들의 시름 속에
환하게 꽃이 핀다

향기로운 꽃바람도
신이 나서 춤을 추고

주변에 미물들도
쫑긋쫑긋 귀 세우며
설법 듣기 열 올릴 때

자비광명 희망의 빛
온 누리에 가득하다

연꽃의 지혜

청정 공덕 햇살처럼
참 성품 지닌 연꽃

진흙 속 더러움에 물들지 않고
기품 있는 모습으로 초연히도 피었다

뜨거운 태양 머리에 이고서도
평정심 잃지 않는 곧은 자세
참 지혜 배우라고 한다

아름다운 자태로도 충분할 것을
뿌리부터 꽃잎까지 아낌없이 주는 사랑

보시바라밀 가르치는
부처님의 화신인가

그림 : 김연옥

오월의 노래

자연의 빛
푸르름에 덧칠을 할
비가 내리고
온 산야 고요를 깨는
새 지저귀는 소리
산들바람을 따라가면
감사와 축복이 넘치는
오월이여
온갖 꽃들의 아름다움
축복의 빛이여
그 속에 우리가 손잡고
나는 너를 사랑하고
너는 나를 사랑하고
빛나는 네 눈빛
타오르는 내 마음
기쁨으로 충만한 대지 위로
솟아나는 초록의 꿈
오 오 신선한 희망이여

인연이란

내가 인(因)이고
그대가 연(緣)이니
잘 가꾸어야죠

하늘 땅 인이 되고
꽃은 연이니
적당한 빗줄기가
영양분 되네요

인과 연이
서로를 바라보고 공존하면서

이 세상 모든 것
품어 안으니

인연이란 서로의 사랑 속에
피어나는 꽃이랍니다

사노라면

아프지 않고
괴롭지 않은 삶이
어디 있을까

사노라면
기쁜 일 복된 날
맞게 되리다

별빛 쏟아지는
하늘에다 꿈을 심고

넓은 대지에다
희망 꽃 심어도 좋으리

오늘 밤 별이 지면
내일 또다시 해가 뜨리니

은퇴

30년 외길 인생
마침표 찍는 날

파란 하늘과
빛 고운 햇살까지

잘살았다
수고했다 인사하는데

왜일까
심연 깊이 일어나는
이 고독의 반란은

걷고 뛰고
꿈꾸었던 시간

썰물처럼 빠진 자리
밀려오는 외로움

아기 동백

봄여름 가을
온갖 풍상 다 겪고
피어난 어여쁜 자태

어느 사이 자라
사랑할 때 되었나

곱게 다져온 향기
꽃봉오리 속에 담아
연분홍 꽃잎 수줍게 펼치니

겨울 준비 봇짐 싸던
벌 한 마리
연정 품고 기웃기웃

건네는 말

꽁꽁 언 추위에 놀랐는지
바람마저 숨죽이며
뒷골목에 숨어 버린 날

이름 모를 새 한 마리
앞마당에 날아들어
이리저리 기웃대며 울어댄다

안녕하고 인사 건네니
창 너머 마주치는 동그란 눈
알아들었을까

너도 혼자구나
나도 혼자인데
중얼중얼, 창 너머로 건네는 말

우리는 할 수 있다

강렬한 구호를
아침마다 외친다
우리는 할 수 있다

부정적 견해가
희망 에너지로 바뀌는 순간

내면 깊이에서
솟아오르는 강한 힘
간절한 기도가 힘을 발한다

혼자가 아닌 우리가 되어
내가 너에게 네가 나에게
이른 아침 단톡 알림 창

작지만 힘찬 응원가 띵동띵동

나는 할 수 있다, 너도 할 수 있다
우리는 할 수 있다

위대한 일

오늘 내가 살아 있음이
위대한 일이다

건강하고 밝은 모습으로
웃으며 이야기할 수 있는
오늘이 있다는 게 얼마나 기적인가

어깨 처져 있는
누군가를 향해
잘 될 거야 힘내 하고
응원할 수 있는
그 한마디가 위대한 일이다

위대함이란
어떤 큰 인물이 되는 것이 아니요
큰 부호도 아니다

작은 일에도 기뻐하며
작은 괴로움 따윈 별일 아니다
함께 껴안고
행복을 엮어가는 삶이다

소소한 일상을 귀히 여기는
나에게 박수를 보내는 것
참으로 위대한 일이다

때로는 아픔마저 사랑이었다

첩첩 산을 마주 보며
평생 가야 할 길이
어찌 평탄하기만 할까
때론 여우비 소낙비도 만나겠지

희망의 숲을 보고 가는 동안
잎도 보고 꽃도 보고
갈 길을 막아서는 거미줄도
이리저리 피하면서 가는 것이
인생길 아닐까

아득히 먼 거리
일어나는 마음의 동요
다독이며 잠재웠더니
어느 사이 육부 능선을 넘었더라

또다시 가는 길에
흔들어대는 바람도 친구 삼아
이정표를 따라가다 보면
또 한 고개를 넘지 않을까

중천에 뜬 해가
서산으로 향하여 노을 진다 해도
사랑이란 강한 힘이 버팀목 되어 주니
태산같이 높은 준령도 두렵지 않네

때로는 아픔마저 사랑이었다

인생길은 막을 수 없는 숙명의 길
나는 걷고 또 걸어간다

제목 : 때로는 아픔마저 사랑이었다
시낭송 : 박영애
스마트폰으로 QR 코드를 스캔하면
시낭송을 감상할 수 있습니다

침묵의 말

혓바닥 밑에 숨어 잠자던
수많은 언어가 잠을 깰 때

연초록 꽃잎
눈부신 아지랑이
화사한 봄을 닮았으면 좋겠다

민들레 꽃씨 되어 날아가
타인의 가슴속에 꽃이 피면
더 좋겠다

말없이도 전달되는
든든한 믿음의 뿌리

차라리 침묵이어도 좋겠다

금전초 분양

작은 가마 타고 시집간다

정든 땅 남겨 두고
모여 살던 가족을 떠나

내 임은 누구일까
설레는 마음 두근두근

사랑스러운 낭군 만나
번식하여 일가 이룰 꿈

풍부한 토질 속에
봄 향기로 뿌리내리면

소박한 다짐은 오직 하나
꽃 피우며 사랑하는 일

그림 : 김연옥

그대가 있어 좋습니다

주절주절 두서없는 내 말에
고개 끄떡이며
긍정으로 답해주는
그대 있어 좋습니다

부르면 단걸음에 달려와
손잡아 주고
봄여름 가을 겨울 사계를
함께하며 꿈꾸는 우리

어느 봄날
잃어버린 꿈을 마음 밭에 심으며
그대와 나는 다짐했습니다

어떠한 어려움도 참아내고
앞서거니 뒤서거니 함께 가자고
우리는 손을 잡았습니다

가다가 지쳐 힘 빠질 때
그대 따뜻한 진심이 전달되어
다시 무한 충전을 얻게 됩니다

그대가 있어 좋습니다
그대가 있어 다행입니다
그대가 있어 행복합니다

3부

한줄기 물이 흘러 바다에 닿기까지
흐르다 부딪치고
어딘가에 걸렸다 쉬어 갔을 터

「삶의 에너지가 되는 쉼」 중에서

유월의 의지

유월의 싱그러운 풀잎을 장난꾸러기 바람이 이리저리 흔들어봅니다

굳센 심지에 유연성까지 갖춘 풀잎이라 어찌 호락호락할까요

각오한 깊이가 있으니 바람에 흔들릴 뿐 꺾일 리 만무합니다

애당초 품었던 뜻은 꽃피워 열매 다는 것

땡초만큼 매운맛쯤 참는 거지요

꿋꿋이 견디어 더 이상 바람 없는 삶을 살면 누구나 손뼉을 치겠지요

그런 사람이 되자

삶이 힘들어
포기하고 싶을 때
마주 보는 눈빛으로도
위로가 되고

가는 길 막막하여
앞이 보이지 않을 때

토닥토닥 다독이며
길잡이가 되어 주는 사람

소망은 언제나 작은 것이게 하고
더 주고 덜 받음에
섭섭해하지 않는
그런 사람이 되자

불현듯 그리움 밀려와
간절함이 될 때 한달음에 달려가
손잡아 주는 사람

머물며 약속한 그 자리에
곱게 핀 꽃 한 송이
바람결에 흔들리면

문득 스치는 회상마다
그리움으로 남아
추억 또한 기쁨이 되는
그런 사람이 되자

복주머니꽃

은은하고 향기로운 복주머니꽃

무슨 보물 숨겼을까
궁금함을 참지 못하고

주머니 속 살며시 들여다보니

이 세상 최고 보물 웃음이라며
함박웃음 머금고 알려 주길래

하하 호호
수시로 웃어 봤더니
저절로 복 굴러 들어오듯
행복이 찾아오더라

그림 : 김연옥

여름밤의 행복꽃

한낮의 열기를
어둠이 내려와 식혀 놓으면
하루의 일과에 지친 사람들은
저녁 식사를 마치고
산책길에 나선다

혼자 또는 둘 셋
아니면 가족 단위로
더위 먹은 강아지도 따라나서고
도란도란 나누는 대화

간간이 피어나는 웃음꽃

탁 트인 하천가에
강아지풀 백일홍 이름 모를 들꽃들
알 수 없는 풀벌레 소리
시원하게 불어오는
밤바람도 동행한다

별빛 대신 네온사인 불빛
땅거미에 내려앉을 때
지친 심신 맑아져 청정해지고

내려놓은 마음 위에
새록새록 스며드는 건
사랑이 다 기쁨이다

소담하게 여름밤의 행복꽃이 핀다

봄비 오는 날

앞마당에 놀던 금빛 햇살
잠시 자리 비운 사이 소록소록 내리는 봄비

파릇파릇 돋아난 잎새 위로
빗방울이 미끄럼을 타고

갓 피어난 여린 잎 다칠세라
내리는 빗줄기가 조심스럽다

쉼 없이 내리는 봄비를
대지는 말없이 품어 안고 내일을 비축함이

아득한 세월 저 강 건너
극락에 계신 엄마 모습을 닮아 애잔하다

비는 내리고
마음은 날지도 못하는 날갯짓을
수도 없이 반복 중이다

삶의 에너지가 되는 쉼

개구리 한 마리
연잎 위에 앉아 쉬고 있다

어찌 알았을까
쉬는 것도
삶의 에너지라는 것을

쥐고 있던 집착을 풀었더니
내 마음도 연잎 위에 올라앉아
잠시 쉼을 한다

진흙도 보이고
미생물도 보이고
널따란 연잎 위에
내리는 햇살도 보인다

한줄기 물이 흘러 바다에 닿기까지
흐르다 부딪치고
어딘가에 걸렸다 쉬어 갔을 터

너 참 고단했다

희희낙락해지고 달 뜰 때까지
쉬어 가라

고마운 실바람이 속삭인다

막바지 여름

바다는 하늘 담고 하늘은 바다를 품는다

코끼리 바위 용왕님
하얀 물거품 밀어 올리면
아~탄성의 소리

바닷가에 줄지어 선 해바라기

갈매기 날갯짓 부러운 듯
일제히 바다로 향한 시선

막바지 여름 건져 올리는 동심
시간 잊고 어화둥둥
여기가 극락일세

탱자가 웃는다

연녹색 작은 잎새 사이
앙증맞은 하얀 꽃피워 놓고
잉태의 꿈 키웠나보다

날로 도타워지던 햇살
야들야들 부드럽던 잔가지
얼기설기 뾰족한 가시 울 만들어
사람 발길 돌려놓고는

여름 한철
탱자 탱자 노는 듯하더니
어느 사이 파란 열매 샛노랗게 물들여
익어가는 가을

그 이름 탱자라는 의미
그저 먹고 놀자 하는 말인가
오해하고 있는 동안
자기 일 충실히 해내고 있었네

이룬 결실 기특하여
잘 익은 열매 하나 맛을 보니
톡 쏘는 그 맛
놀랬지 하고 탱자가 하하 웃는다

차꽃

파란 하늘 아래
순백의 꽃잎

샛노란 꽃술에 담은 사랑
일편단심 순결 지킨
수줍은 미소

전설이 된 옛 시절
시집살이 견뎌내고
그 집안에 뼈 묻어라
부모님이 이르시며
함 속에 넣던 차 씨

봄 여름 가을 겨울
사철 변화 견디어
꽃과 씨가 마주 보고
굳은 지조 뜻 품어 안았으니
그 어찌 곱다, 하지 않으리

깊은 내력 알고 보니
제아무리 장미꽃이
아름답다 한들
지고지순 순결한 꽃
차꽃에 비할 바 아니더라

미소가 수줍은 꽃이여

파트너

우리가 손 잡은 그날
그 순간부터 우리는 하나가 되었습니다

때론 아프다고 말하기 전에
이미 그대의 아픔을 알기에
약해지지 말라고 간절한 기도로 대신합니다

세찬 바람에 그대가 꺾일까
노심초사하는 것도
저 높은 고지를 향해 함께 가야 할
그대는 나의 파트너이기 때문입니다

절절했던 우리의 사연 전설이 되어
후대에 꽃바람이 된다면
아득히 먼 별자리 곁에
함께 할 이웃 별이 되겠지요

바람 불어 우울한 날
마음 한쪽을 칼날에 베인 날도 있었지만
말없이 침묵할 수 있었음은
서로에게 보내는 응원의 메시지가
숨어 있었기 때문입니다

우리는 이미
연인보다 더 뜨거운 관계로 맺어진
파트너가 되었기에 어떤 역경도 딛고
야멸차게 꿈을 향해 달려가야 합니다

제목 : 파트너
시낭송 : 박영애
스마트폰으로 QR 코드를 스캔하면
시낭송을 감상할 수 있습니다

사랑하는 그대

사랑하는 그대는 언제나 내 안에 머물러 있습니다

나는 그대 안에 불을 지핍니다

타오르는 불꽃은 소나기로도 끌 수가 없습니다

아렸다 시렸다

그러다 피어난 그리움은

마음속 깊은 곳에 자욱한 안개꽃을 피워냅니다

사랑하는 그대여

채워지지 않는 사랑의 갈증으로 나는 늘 목이 마릅니다

오늘 밤 꿈속에서는

오롯이 두 마음 하나 됨을 증명하려 합니다

만사가 호사

이제나저제나
기다리고 기다리던 그대
끝내 오셨군요

즐겨 입던 파란 셔츠 벗어두고
갈색 바지 빨간 재킷
반짝이는 은빛 모자로 멋을 내셨나요

바라만 보아도 설레는 마음
함께 할 수 있음에 넘치는 이 기쁨을
그대는 아시나요

찜통더위 밀어내고
먼 길 돌아 돌아 바람 등에 업혀 오며
길섶마다 하얀 구절초 피워낸 그대여

이제 온전히 다가와 손 내밀며
가을 여행 떠나자 하니
감히 어찌 거절할 수 있을까요

단번에 오케이
친구까지 데려와 차에 태우고
그대가 인도하는 길 따라가니
바람도 상쾌하고 만사가 호사네요

물을 보며 배우는 지혜

높은 곳으로
거슬러 간 적 없이
낮은 자세로 흐르는 가르침
그 겸손함을 물에서 배운다

조용히 흐르다 길이 막히면
돌아 돌아 길을 찾아 다시 흐른다

더러운 오물까지 말없이 받아들여
인내로 삭히고
원래의 모습으로 돌려놓는 끈기

작은 물줄기 산을 타고 내려와
시냇물 되어 흐르다 강을 이루고
그 강이 바다에서 만나는
지극한 이치를 배우라고 한다

어떤 괴로움을 겪더라도
바다로 향하는 물의 과정을 닮아
쉼 없이 흐르고 흘러
바다가 되려 함을 잊지 말자

가을은 열애 중

눈 부신 햇살
석양으로 질 때까지
거침없이 마음 열어

온 산야 무학산 배경 삼아
한 폭 풍경화 곱게도 그려낸다

파란 하늘색 바탕 위에
그리움 담아
핑크빛 채색, 사랑 시를 쓴다

가을은
화가가 되었다
시인이 되었다

서로를 품어 안고 열애 중이다

백조의 꿈

컴컴한 동굴 속에 수천의 백조가
저 멀리 희미하게
보이는 동굴 밖 세상을 동경하며
부지런히 날갯짓한다

굳게 닫힌 문은 열릴 기미가 없고
어설픈 행동으로 통과할 수 없음을
감지한 일부의 무리는
미리 날개를 접는 비겁함을 택하기도 하고

습한 공기와 스트레스가 맞물릴 때
격한 감정은 서로의 가슴에
비수를 꽂으며
희망으로 짜던 그물을 찢고

허물을 엮다가 자신의 꿈을
깊은 물 속에 수장시켜놓고는
오히려 후련하다는 허세를 부린다

미래로 향한 도전
누구는 통과하고 누구는 도태됨이
자신의 의지임을 망각한 채

타인을 원망하고픈 심리가
부정의 씨를 뿌릴 때
빙하기의 기루가 심상치 않게 흐른다

봄 들녘의 꿈

내려놓지 못한 어제의 시간이
잠들지 못하고 밤새워 뒤척이다

시커멓게 꿈틀대던 어둠을 밀어내고
이른 새벽이 눈을 뜬다

짧지 않은 날들을 거쳐온 설렘이
시린 바람 끝에 매달려
밤을 지새웠나 보다

허물없이 등 기대던 꿈이
지혜를 얻지 못하니
마른 꽃잎 되어 나르다
허무로 사라져 갔다

기울었던 정성, 흩어진 자리

새싹 옮겨 심고 꽃을 보려면
봄 들녘에 꿈을 뿌리는
농부의 부지런함을 배워야겠다

4부

생각과는 달리 섣부른 감정
수면(瘦面)위의 수포처럼
까칠하게 올라오는 부끄러움

「말에도 꽃이 핀다」 중에서

11월의 불꽃 사랑

활활 타오르던 불꽃 사랑

창가에 낙엽 한 장 걸어 두고 어디론가 떠난다네요

안녕하고 손 흔들며 보내줘도 될 것을

놓지 못하는 이 허전함을 어떻게 해야 할까요

찬물 한 바가지 들이부어 단번에 끌 방법 있는데도

덩치 큰 미련한 바보가 자꾸만 어깃장을 놓고 있어요

그러나 어쩌나요

자꾸만 야위어 가는 11월을 차마 볼 수 없으니

인제 그만 안녕! 하고 보내줘야겠지요

어디에 사위지 않는 영원함이 있을까요

삶의 지혜

나의 입장을 버리고
상대방의 입장이 될 때
순간 끓어오르는 감정에
돌덩이 하나 꾹 눌려두고 기다리면
이내 편안해진다

소금과 꿀이 섞이더라도
그 본성이 살아 있듯이
긴 여운을 남기는 사람이 있다

좋게 또는 나쁘게
분명하게 다가와 남기는 뒤 끝에
달빛처럼 환하게
아니면 우울한 그림자를

타인은 나의 거울이 되어
가르침을 주는 선생이 되기도 한다

미완성의 그림

사랑이 화가 나면
반대로 걸어가는 말과 행동
오해의 골은 깊어져
험지의 산맥 헤매다가
화해의 길 끝내 찾지 못하고
빼곡히 쌓은 사연
성난 파도에 밀려왔다 밀려갔다
사투를 벌이더니
바다가 되고 하늘이 되어
보고도 보지 못하는
미완성의 그림으로 남겨진다
마지막 채색은 짙은 그리움
흔들리는 바람 되어 배회하다
시간 속으로 멀어져 간다

말과 본심의 차이

물의 깊이만큼 알 수 없음이
사람의 마음이더라

가깝다 믿었더니
먼 거리에 있고, 멀다고 했는데
눈앞 거리 가까이에 있더라

멀어진 거리 좁히려고 애를 써봐도
물 건너간 그대 돌아올 리 만무하고
냉수 먹고 정신 차리란
그 말이 딱 맞더라

말과 본심의 차이
시간 가고 세월 지나니 알게 되더라

사탕발림 달콤한 말에 현혹됨은
자기 잘못이 더 크더라

성찰의 시간

인생을 살면서 뿌리는 씨앗

간간이 싹 틔워 자라다가
더러는 죽고
더러는 살아남아 열매를 거둡니다

튼실하게 키워 열매 달기까지는
자신의 역량임을 잊기도 합니다

겨우 내린 잔뿌리
영양분 한 줌 주지 않더니
때늦은 후회는 무슨 소용입니까

원망만이 근본 해결 아닐 바에
생각의 깊이를 키우고

성찰의 시간이 필요할 듯하네요

웃음 무한리필

오래전에
꽃처럼 바람처럼
유행어로 휘날렸던
웃으면 복이 와요
그 말이 생각난다

괴로워도 웃고
짜증 나도 웃고
웃고 또 웃다 보면
죽어 가던 나무에 새순이 돋듯
우리네 인생에도
꽃이 피지 않을까

세상만사 생각하기 나름
어찌 나만 괴롭고 나만 피곤할까
살아 보니
절반은 기쁨이고
절반은 괴로움이더라

생각대로 척척 된다면야
무슨 걱정일까만
태어날 때 양손에 나누어진
기쁨과 괴로움 다 쓰고 가야 하기에

웃고 또 웃고
열심히 한세상 살다 보면
괴로움도 꽃이 되어
어화둥둥 행복 바람 등에 올라
진짜 웃음 호호 하하 웃다가
머나먼 여행길 떠나지 않을까?

온전한 자유

어떤 추억이
안개 자욱한 언덕으로
나를 불러내어

잠들어 버린 사랑을 깨어보라

미풍의 손 잡혀 주지만
깨울 수 없는 이유는

꽃으로 피었던 사랑은
무덤 속에 있고

춘삼월 봄에 꺼내려고 아껴둔
시간조차
머나먼 길 유랑을 떠났으며

짬짬이 그리운 향기
새벽이슬로 맺히다가
눈부신 아침 햇살에 사라지니

이제야
고요가 찾아들어
온전한 자유를 얻었다

멈춰버린 시간

강단 있고 건강하던 그니
봄 햇살보다
더 따뜻했고 정이 넘쳤다

고향 갈 때면
콩이야 팥이야 챙겨주며
함박웃음 한 포대
더 얹어주던 고향 언니

풍진 세상 살면서
잊고 싶은 게 많았는지
깡그리 다 잊고 암흑 속 서성인다

멈춰버린 시간 속에 빛 한 줄기 보았을까
반갑게 손잡아 끌며

밥 먹고 가라, 밥 먹고 가라
그 말만 되풀이한다

요양병원 휴게실 창가에
색바람 스며들 때

사소했던 그니의 일상이 반짝한다

걸음의 차이

끝없는 도전
목표와 신념이 확실하다면
늦고 빠른 차이가 있을 뿐

언젠가는 활짝 꽃피우게 되겠지요

한날한시 뿌린 씨앗도
자라나는 속도가 다르듯이
어떤 일을 할 때
그 사람의 근성 따라
차이가 있기 마련입니다

여름에 피는 꽃이
철 지난 엄동설한
콜록대는 잔기침 소리 들으며
어여쁘게 피어났을 때
뭇시선 감탄을 받게 되는 것처럼

성공이란 붉은 기운
가슴에 담고
늦게 핀 꽃처럼
자신의 몫을 묵묵히 해낼 수 있는
끈기가 있다면 말입니다

빠르게 걷는 걸음과
더딘 걸음의 차이가 있을 뿐
포기하지 않는다면
성공은 가까이 다가옵니다

정초 기도

부처님 전 향 사르고 감사한 마음 담아

가지런히 두 손 모으니 기쁨의 눈물 솟구칩니다

지난 한 해 무사함과 제 삶이 편안함과

올 한해 주실 복력 또한 부처님의 은혜십니다

지혜의 씨앗 심거라

긍정 에너지를 갖거라

자비심을 갖거라

묵언으로 이러시는 인자한 미소

가장 힘들 때 가장 기쁠 때

한결같이 함께하시는 거룩하신 임이시여

임인년 새해에 성취해야 할 과제를 주셨으니

충실히 이루어 또다시 감사로 연결 짓겠습니다

추억 소환

추위를 견딘 땅의 기운 꿈틀거릴 때
먼 산 아지랑이 눈이 부셔
실눈 뜨고 바라보는 풍경 속에
너도 있고 나도 있었지

샛노란 영춘화가 빵긋 웃으니
생강나무꽃 뒤질세라 급히 달려오느라
옷도 입지 않고 맨몸으로 왔더라

연달아 줄을 섰던 개나리 진달래
제비꽃 수선화가 펼쳐놓은 향연에
산새들이 날아와 노래할 때는
너도, 나도 초대되어 기뻐했었지

너는 이제 멀리 가고 없는데
순한 바람 불어오는 길목에서
쓸쓸함을 이겨내려고
추억을 불러와 옆에 앉혀 보았다

섬진강

흔들리는 삶의 법칙 챙겨 들고
한 세대를 뛰어넘어
살아온 마음을 불러들인다

산도 강도
자연의 삶을 닮는 길
한 걸음 더 나아간다

섬진강 줄기 따라
폭염을 헤치고
시간을 거슬러 나섰던 길

바라만 보아도 스며드는
송림 숲 하동포구에서
인생의 현재를 건져보고

마음의 경계를 놓아버린
아름다운 강을 품으면
옛 기억 무시로 밀려온다

물길 따라 뻗어간
절대 절경 속에 꺼내는
인생 향기 가슴으로 번져오고

삼복더위 열기 잠재울
쏟아지는 비 맑은 날 보다
순간의 운치가 깊다

말에도 꽃이 핀다

듣기 좋은 말로
하루를 채우려던 다짐
마감하고 돌아보면
밉살맞은 실책 빼꼼히 내다본다

생각과는 달리 섣부른 감정
수면(瘦面) 위의 수포처럼
까칠하게 올라오는 부끄러움

얼룩진 원망과
잠겨 있던 빗장 풀고도
쉽게 가까워질 수 없는 거리라면
화해의 꽃씨 뿌려
오해의 싹은 묻어 버릴 일이다

말 곱게 하지 않으면
이다음에 죽어 뱀이 된다는
어머니의 가르침

혼신으로 저항하던 내 유년이
느닷없이 다가와
가만히 나를 보듬어 안는다

꽃을 피울 것인가
상처를 줄 것인가
나 자신에게 달려 있다

화술을 연마하여
정녕 꽃 피울 수 없을 때는
차라리 침묵할 일이다

 제목 : 말에도 꽃이 핀다
시낭송 : 최명자
스마트폰으로 QR 코드를 스캔하면
시낭송을 감상할 수 있습니다

백차 사랑

칠월 뜨거운 태양 아래
갓 피어난 보랏빛 연정

초록 잎 끝머리
솟아 나온 야들한 새잎
손끝에 감촉 달콤한 밀어

달려드는 모기떼
시샘하듯 울어대는 왕 매미

흠뻑 취해버린 내 사랑
멈출 수가 없으니

한 잎 한 잎 곱게 저민 사랑
한지에 눕혀 다독다독

농익은 우리 사랑
그 짙은 향기 담장을 넘겠네

흐르는 강물처럼

쉼 없이 흐르는 세월 따라
이런저런 인연도 왔다가 떠나가니
사라진 이슬 같은 건가요

오는 인연 막지 말고
가는 인연 잡지 말라 했으니

연연한 정에 이끌리진 말아야 할까요

더 큰 바람으로 떠나는 그대에게
축복의 마음 담아 드리면
쌓았던 정은 놓고 가나요, 가져가나요

함께했던 정만 놓고 가신다니
우리의 인연은 여기까지인가요

비우고 들어내고
흐르는 강물 따라 보내 드리면

먼 훗날 그대는
화사한 봄바람에 꽃소식 태워 올까요

남겨진 빈자리에
다시 움트는 그리움
그것이 바로 인연의 씨앗이 아닐까요

민들레 꽃대 하나

푸른 잎 달고 솟구치는 꿈
나란히 어깨 기대어 어두운 밤을 밀어내면
아침 이슬로 씻어낸 뽀얀 얼굴에 만발하는 웃음꽃

때론 거친 비바람 불어와 수없이 생기는 상처
그 치유를 위한 더 큰 용기가
태양 빛 속에 꺾인 날개 의지하면

흔들리던 여린 꽃
가슴 시린 찬바람 받아내고 선구자 깃발로 서서
여기저기 날려 보낸 민들레 씨
번성을 기약한다

척박한 땅 마다하지 않고
바람으로 햇살로 껴안은 보람이 숲으로 일어나
확신을 더 할 때 거친 세상도 이겨낼 희망이라며

꽃대 하나 힘차게 솟아오른다

아름다운 동행

가는 길 험난하여
가시밭길 돌밭이라 해도 잡은 손 놓지 말자

사랑하는 마음
변치 않을 우정이면 쏟아지는 빗속도
우산 없이 갈 수 있으리

백 년으로 이어갈 뿌리 깊이 내려
꽃 피고 열매 맺히면
꽃그늘에 마주 앉아 축배를 들자

아름다운 동행이 세찬 겨울 이겨내면
꽃 피워낸 나무에 파란 하늘빛 걸어 두고

설운 가슴 올올이 다독이며
벅찬 무게 이겨낸 보상은
구김살 없는 아침에 축복의 문을 열어줄 거야

5부

문득 바람결에 스치는 생각
우리 엄마
어느 나라 공주로 환생했을까?

「나미 공주」 중에서

나이가 주는 감성

길섶에 피어 있는
이름 없는 풀꽃조차
이렇게도 어여쁠 줄
미처 알지 못하였다
작은 것에 감사하고
말 한마디 따뜻함에
감동의 물결 가슴 적실 줄이야
젊음에 품었던
풋풋한 감성
나이 든 지금 다시 일깨워주니
온유하고 포근한 사랑이
고운 미소로 답을 준다

햇살의 방향

작은 가지에 따뜻한 봄기운 모여들어
희망을 들어 올릴 태세다

수시로 밀려드는 생각을 밀어내면
저절로 꽃망울로 맺힐 터인데

어떤 간절함이 꽃을 피울지

일상의 불안들이
계절을 이탈하려는 욕구가
합리적 방식을 이기려 한다

같은 조건의 시간을 쏘아 올려
꽃 피워낼 허락을 받아 놓고도
딴청을 피우는 잔가지들의 속내

봄 햇살은 오만함을 거둬들이고
거침없는 초록 쪽으로
성큼성큼 방향을 바꾸어 간다

한결같은 사람

빛깔이 향기를 대신할 수 없듯이
겉모습에 현혹됨은 훗날에
후회의 가시 꽃이 필 테다

늘 처음처럼
변함없는 진실함은
추위 견디어 봄이 오듯이
언젠가 향기로운 꽃으로 피리라

오래 묵힌 장맛도 단맛이 나는데
정 쌓아온 사람의 관계는
말을 해서 뭣할까

인생을 살다 보면

이런 일 저런 일 허다하지만
좋았던 사이 신뢰 깨어지면
회복하기 더 어려워

겉모습 볼품없어도
따뜻한 눈빛으로 정 깊은 사람

한결같은 그런 사람은
세월 갈수록 더 빛이 나더라

유월의 숲

숲 그늘에 앉으니
싱그러움이 상큼하다

이파리 사이사이 스며드는
금빛 햇살 환희롭고

불어온 솔바람
처진 어깨 힘 채운다

삶의 수레 쉬어가는
귀중한 자유
새들의 노랫소리 귀 기울이면

잡다한 생각 떠난 그 자리
하늘이 들어앉아
그늘조차 파랗다

이수도

바닷길 열어둔
그 마음의 폭이
하늘 닮은 듯 초원을 닮은 듯
푸른 생각 출렁인다

여름 초입 들어선 섬에
봄이 남기고 간 선물
금계국은 눈부시고

사방이 탁 트인
이수도의 인심 일박 이일

마음만 앞서 달린
지친 심신 부려놓고
쉬어 가기에 충분하다

*이수도 : 거제시 장목면

행복한 삶

순응하는 자연에서
꽃은 피더라
짬짬이 생겨나는 행복 또한
이와 같아서

남겨놨던 하얀 생각
하얀 꽃 피고
숨겨놨던 빨강 생각
빨강 꽃이 피더라

욕심이 생겨나면
꽃 같은 인생 염원 담아
어루만져 달래고

발자취에 새겨진
세월 한 자락
스산함이 고여 올 때

부드러운 고운 말
언제나 앞세우면
순수한 삶에 행복은
절로 오더라

몽상

바람 등에 올라앉아
날갯짓 한 번으로
단숨에 날아오른다

하늘 높이 날아올라
작은 우주 속 나의 꿈
행복한 나를 본다

아름다운 풍경
온갖 꽃들 피고 지고
새와 나비 노니는 그림 같은 집

정원 벤치 걸터앉아
노을 지는 서쪽 하늘 바라보며
먼 회상에 젖은 나를 볼 때

따르릉 전화벨 소리에
화들짝 놀라
펼쳤던 날개 접고 보니
네모난 천장이 나를 노려본다

아름다운 그녀

눈부시게 환한 얼굴로
나비가 된 듯 사뿐히 걸어오는 그녀
신나는 일이 있는 것일까요
얼굴 가득 미소 띤 모습에서
반짝반짝 빛이 납니다

안될 것이 없다는
그녀의 표정에서
강한 열정이 품어져 나오니
침체해 있던 주변의 분위기가
금세 환해져서 분홍빛으로
물들었어요

오월의 푸른 숲을 닮은 그녀
이리저리 뻗은 가지 사이로
탐스럽게 피어있는 이팝꽃을 닮아
하얗기도 하고
하늘을 닮아 파랗기도 해요

힘겨운 일도 가볍게 툴툴 털어내고
씩씩하게 걷고 뛰는
그녀의 강한 에너지는
어디에서 오는 것일까요

곱다시 품은 꿈을 이루기 위한
아름다운 도전
정지선이 없는 발걸음은
언제나 푸른 신호등이라
그녀는 이미 성공한 리더예요

제목 : 아름다운 그녀
시낭송 : 박영애
스마트폰으로 QR 코드를 스캔하면
시낭송을 감상할 수 있습니다

목적지

온실 안 화초처럼
연약한 내면에
씩씩하게 첫발을 내디딜 때는
전혀 의식하지 못했다

기왕 나선 길
목표를 정했다면
봄바람에 마음 빼앗길
일이 아니다

그늘 밑에 자리 깔고
계곡물에 발 담근 채
세월아 네월아 놀다 갈 일은
더더욱 아니라는 걸
뒤늦게 알아차렸다

노력 여하에 달린
높은 고지를 쉽게 받아들이고
몽상 속에 나를 가둔 채

목적지를 향해 바라보는
아득함이 왜 이리 깊은지

화들짝 꿈꾼 허구조차도
생의 벼랑처럼 느껴진다

빛바랜 사진

가물가물한 기억 속으로 들어갔다

세상 부러운 것 없다는 듯 환하게 미소 짓는 밝은 표정들

어느 시간에 멈춰 서서 추억을 반추하는 내가 부풀어 키
웠던 꿈을 생각한다

포상 휴가의 달콤함 이국적 정취를 멋지게 사진에 담고

가장 빛났던 순간을 대변하고 있다

좌절을 뛰어넘으려 부단히도 노력했던 눈빛이 그대로 살
아 전설이 되어 웃는다

시절 인연 한 팀 되어 희망 영글기 염원했던 그때는 빛바
랜 추억이 되고

마음자리는 잡풀만 무성한데 내 안의 혁명은 아직 미완
성이다

데미샘

숲을 향한 예쁜 마음 챙겨 들고
자연을 닮으려는 사람들이
섬진강 발원지를 찾아 나섰던 길
폭염이 먼저 앞을 섰다

청량한 숲길 들어서니
발길에 닿는 촉촉한 감촉
이끼 낀 주변 환경은
데미샘이 멀지 않음을 말해준다

삼복더위 열기 잠재울
산바람을 불러 유유자적
천상으로 가는 길

푸른 새처럼 나부끼는 나뭇잎
밤하늘에 뭇별들
녹색 위에 촘촘히 내려앉아
은빛 날개 펼쳤을 마법이
신기루로 남아 햇살에 반짝인다

숲을 사랑하는 사람들은
섬진강 발원지 데미샘에 닿아
가져갔던 고운 마음 부려놓고
무얼 담아 왔을까

돌아 나오는 발걸음이 가볍다

*데미샘 : 섬진강 발원지

제비꽃

계곡 물소리 맑고 청아한
잊을 수 없는 추억 속의 고향

어릴 적 고사리손에 쥐여주던
산딸기 맛보다
더 달콤했던 아버지 사랑

단발머리 나풀거리며 쫄랑쫄랑
아버지 손 잡고
고랭이 논물 데려가는 아침

길섶에 핀 보랏빛 꽃
아버지는 꽃을 보고 제비라 했다

처마 밑에 사는
제비가 날아와 낳은 새끼라고
즉석 동화를 읊으셨다

짧은 생을 살다 가신 아버지는
아슴아슴 떠오르는 기억마다
사랑을 심어놓고 가셨고

아픈 내력이 많은 꽃
늘 허공의 빈 잠 속을 비상했다

그림 : 김연옥

나미 공주

애야 너 팔 아프다
이리 다오
내가 들고 가마
시장 갔다 오는 길
팔십 고개 훌쩍 넘은 내 엄마 마음
오랜 세월 지난 지금도
아련하게 생각난다

내 딸이 최고다
고슴도치 사랑 도가 넘치던 그때를
아스라이 떠올리며
시 꽃 하나 피우려 개망초 들꽃에
하얀 그리움 얹어본다

우리 엄마 수시로
소녀 감성 발동하여
말남이란 이름 성토하길래
말남 뺀 자리에
애칭 하나 지어 붙이며
다음 세상 공주로 태어나라 하였다

아들딸 손자 손녀까지
나미 공주 나미 공주
원 없이 부르던 이름

펄펄 끓던 엄마표 사랑
다 내려놓고
나미 공주 애칭 하나 챙겨 들고
다시 못 올 여행길 오르실 때
유치원생 증손녀
방명록에 남겨둔 마지막 인사

나미 공주 안녕
잘 가세요

뒤늦게 그 글 함께 보고
슬픔 누르고 마주 보며 웃던 날

문득 바람결에 스치는 생각
우리 엄마
어느 나라 공주로 환생했을까?

봄기운

어찌 이리 한치의
어긋남이 없을까요

이른 아침 따뜻한 기운
어디선가 들려오는 새소리
장단 맞추듯 정겹네요

땅속 움직임
어제와는 사뭇 달라졌어요

움츠렸던 식물들
살며시 고개 내밀고

스쳐 가는 구름 바라봅니다

초록 물감

기쁨으로 오가던 길에
겨울 강이 생겨 막혀버린 통로
긴 여운 남아
힘겨운 자맥질을 한다

충만했던 한때 푸르름은
아쉬움 지워내며

뒤돌아보지 말라, 등 떠밀고

한 그루 나무뿌리 내려
기쁨으로 피우던 꽃이
옹이로 박혀 그 흔적이 완연하다

따사로운 햇살 쉬어간
기억 한쪽에
남아있던 그리움 지워내며

돌아와 가꾸는 마음 밭에
빈 여백 채워갈 그림 그리려고

초록 물감을 챙긴다

행복의 문

동트기 전 이른 새벽
때 묻지 않은 순수한 하루가
서서히 다가옵니다

정신적 풍요를 담을
내면의 공간을 비워놓고
카페라테 한 잔까지 준비하니
스르르 행복의 문이 열립니다

변함없는 사랑의 향기로 채워 보자고
자신을 다독이는 마음 위에
새벽공기 상쾌함이 내려앉습니다

뜻도 없이 튀어나오는
무심한 언어를 애써 살피고
용기가 될 한마디가
절실히 필요한 코로나 시대

희망 전도사가
될 수 있기를 소원해봅니다

고요를 깨는 잔잔한 울림이
가까이 들려오네요
새로운 하루가 열리는 문을 향해
걸어 나가야 할 시간입니다

돌아보는 삶

종종걸음으로 바삐 걷다
멈춰 선 자리에서
물끄러미 자신을 들여다본다

벼 이삭 지키려고 훠이 훠이
두 팔 벌려 새를 쫓던 여자

사랑을 조물조물 양념으로 버무려
희망을 줍던 그 여자가

저물어가는 황량한 저녁 길
언저리에 서서
노을 지는 하늘을 올려다본다

잠시 돌아보는 삶
숨어 있던 외로움이
불쑥 튀어나와 딴지를 건다

봄의 서정

꽃 피듯 꽃이 지고
어느 사이 가지마다
잎이 무성하다

봄날 완연한 빛
연초록 잎새에 내려앉아

청춘의 그늘을 키우며
녹빛 세상을 꿈꾼다

시간을 덥석덥석 베어 물며
꼽발을 들고 키가 자라는 식물마다
못 오를 일 없다는 듯

그 빠른 행보에
족히 미치지 못하는 갈증

하늘에 굽이치는 새털구름 위로
무거운 마음 한 자락 얹어 본다

쉬우면 누가 못할까

어렵다 어렵다
힘들어서 못 한다
엄살의 불씨를 피워올린다

포기의 잣대부터 들이대며
해보지도 않고
이리저리 재고 또 잰다

쉬우면 누가 못할까
그저 되는 건 아무것도 없다

희망의 신발 신고
힘찬 출발부터 하면 될 것을
실패의 신발부터 챙겨 신고

태산이 무너지듯
걱정부터 앞세운다

6부

바람꽃으로 흔들리며
무표정한 일상에도
시나브로 웃음 주더니
우리의 인연 여기서 끝인가요

「꽃진 자리」 중에서

빙하기

서로의 어깨 내어주며 밝게 웃던 모습이
방식이 다르다고 생각을 달리하여
맞추어 가던 각도를 달리하고 있다

통 크게 마음 열고 툭툭 털지 못하는 안타까움
허허로운 허공을 배회하며
두 사람 사이에
심상치 않은 기류가 흐른다

이리저리 어긋나는 충돌
명분 없는 이해타산 내려놓으면
그 자리 환한 빛 스며들 텐데

선입견 편견, 두 개의 견을 키우며
살갑던 우정의 향기 잃어가니 안타까운 일이다

척척 맞추던 조화는 어디로 갔을까

마음의 꽃

가버린 과거에 매달리지 말고
오지 않은 미래에 불안해 말며
주어진 오늘에 충실히 살자

부드러운 미소에 활기찬 열정 담아
하루를 열심히 살아낸다면

내일의 희망 품고
감사하는 마음 절로 생겨
편안한 잠자리에 들게 되겠지

행복 문 열어주는 환한 웃음은
매일 먹어도 질리지 않는 쌀밥 같은 것

한철에 불과한 꽃 같은 얼굴에
연연하지 말고
어여쁜 마음 꽃을 키울 일이다

혜지에게

척박한 땅에 머문 민들레
집 지어 번성의 기회 엿보더니
샛노란 꿈을 키운다

얼마나 오랜 시간
찬바람 무더위 견뎌내며
이리저리 휘둘리고 인내해야
꿈 이룰까

밟아도 일어나 번성의 날개 다는
외로운 민들레 꽃씨 되어
날아라 훨훨, 지구 끝까지
꿈꾸는 글로벌 리더 이혜지

어디나 뿌리 내리는
민들레 습성 닮았으니
정상 고지까지 가는 건
시간문제인 게야

웃음꽃

흐르는 세월 견디어
비바람 잠재우고

천왕산 아래 옥토에
꿈이 자라 꽃이 피었다

욕심 비워낸 자리에 사랑을 담고

무위산 문수보살 지혜 빌려
차와 덕을 나누니

향기 나는 삶이
어찌 가난할 리 있으리오

그림처럼 펼쳐지는 앞산
변화무상한 운무 한눈에 담으며

찻물 끓는 소리에
수시로 피어나는 웃음꽃

그녀의 봄

그녀가 칼을 갈았다

시퍼렇게 날 선 칼날이 번쩍인다
느리던 걸음이 빨라지고
비장한 각오가 눈을 뜬다

가파른 능선을 오르며
내면의 깊은 꽃바람을 피워낼 요량이다

한 고개 능선을 넘을 때마다
차오르는 거친 호흡을 참아내며
날 선 칼날로 바람도 베리라는 다짐

그녀의 마음 밭에
소리 없이 일어선
희망의 빛살은
수많은 시간이 모여 물줄기 쏟아질
파이프라인이 완성되리라

생동하는 봄날 속에
여렸던 그녀의 온실 속 봄이
꿈의 날개를 달고
힘찬 비행이 시작되었다

어머니

소담한 국화꽃 향기 너머
가녀린 몸 흔들리며
회오리바람쯤 거뜬히 견디는
개망초 굳은 의지를 닮았던 내 어머니

백 년 해로 다짐을
깃털보다 가볍게 날려 버리고
떠나간 님 그림자에 쌓여
원망과 화해를 반복했을 당신은
얼마나 아팠을까요

만월에 만선 꿈을 꾼 어부처럼
한때 부풀었던 바람은 흩어지고
휘영청 달 밝은 밤
홀로 고랭이 논 묘 심으며 눈물을
새참으로 먹었을 당신을 생각합니다

나는 죽어 이다음에 새가 될란다
화장하여 훨훨 뿌려다오
유언처럼 남겼던 그 마음이 현실 되어
저 높은 창공을 자유로이 나는
새가 되셨나요

작지만 태산 같아던 당신은
세상 사는 방법을 몸으로 보여 주신
우리들의 멘토이자
올바른 길잡이였습니다

다음 세상에 다시 만나
엄마가 딸 해라 내가 엄마 할게
제가 그렇게 말할 때면

기약 없는 그 말 믿으셨는지
그리만 된다면야 무슨 원 또 있을라고
다짐하듯 반문하신 그 목소리
귓전에 쟁쟁합니다

어머니 어머니 나의 어머니

제목 : 어머니
시낭송 : 박영애
스마트폰으로 QR 코드를 스캔하면
시낭송을 감상할 수 있습니다

양귀비꽃

연녹색 순결한 꽃봉오리
다소곳한 고운 자태
고개조차 못 들고 수줍어하더니

님 향한 그리움에
붉디붉은 매혹의 향기로
서서히 고개 들어 눈을 뜨면

우아한 귀태 해맑은 미소

그 아름다움 눈이 부셔
보기만 하여도 황홀하여라

낮에는 곧은 자세로 햇님 품고
밤이면 다소곳이 달님 품어
요조숙녀 삶을 사는 양귀비 일생

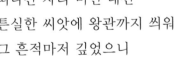

떠나간 자리 미련 대신
튼실한 씨앗에 왕관까지 씌워
그 흔적마저 깊었으니

그림 : 김연옥

꽃 중에 꽃이여라

봄꽃 사랑

동녘 창 너머 눈 부신 햇살 빛 들 때

만물이 소생하여 희망 부르는 소리

벌써 코끝에 아름다운 선을 그리며 피어오르는 봄 향기

귓불 간지럼 못 이겨 매화꽃 눈 뜨니

크로커스 노루귀 뒤질세라 땅속 뚫고 깨어나 수줍게 고개 내민다

순결한 꽃잎 웃음 끝에 사랑 엽서 매달아 놓고

산들바람 불어와 향기로 채울 여백을 비워두고 있다

경칩

봄의 문이 활짝 열렸다

귀 밝은 개구리

문 여닫는 소리에 화들짝 놀라

힘차게 뛰어오른다

여기저기

파랑 빨강 밀어 올리는

힘센 땅의 기운이 놀랍다

경칩은 봄의 전령사

자기 소임 다하기 위해

훈남의 바람까지 업고 왔다

오해

밤하늘에 달 자라듯
둥글어지는 사랑

성스런 약속
호수가 달빛 그늘에 놀다

구름이 하늘 덮으니
순간 사랑도
뒷문으로 숨고

산림 속 아득한 호숫가
흐르는 냉기
한낱 냉가슴이었나

구름 걷힌 하늘에
두둥실 달 뜨면 어쩌려고

힘찬 희망의 발걸음

신선한 아침
찬란하게 떠오르는 태양의 기운
당겨서 품어 보자

한 번뿐인 인생
빛나는 삶을 위해
충실히 꿈을 그리자

날마다 축제 같은 날
기다리고 있다면
잠시 힘든 과정 거치고
여름날 여우비 옷 적신들 어떠리

괴로움은 짧고
행복은 길 것이니

어둡고 침침한 긴 터널 끝 쪽
희미하게 보이는 불빛 향해
질주하여 달려보자

벅찬 기쁨 재회할 날 꿈꾸며
포기하지 말고
다시 한번 힘찬 발걸음에
희망 담아 뛰어보자

새해를 맞으며

만선의 꿈을 안고
출항한 배가 풍랑을 만나듯
코로나19로
입 코 다 막고 불편한 마음
얼룩진 아픔 겪은 지난 한 해

어둠 속을 걸어와
그 자리 당당히 다시 서니
찬란한 태양이 뜬 새 길 위에
소망의 싹이 터졌습니다

거리에 어스름 어둠 내리고
하나둘 집마다 불이 켜질 때
따뜻한 사랑이 꽃처럼 피어납니다

정갈한 마음 가지런히 세우고
희망으로 시작된 중심에
축복과 감사로 채워질 365일의
꿈을 담습니다

신축년 첫 출발선
일 년이란 계약서에 서명하고
최선을 다하리라 다짐하며
각오를 다지는 마음 위로
한줄기 빛살이 살포시 다가와
용기를 얹어줍니다

119

상처

서로에게 향하던 마음
주춤하고 멈추면
따뜻하던 온도 뚝 떨어지고

시린 바람 끝에
대롱거리던 외로움이
흔들리는 감정선을 터치한다

누가 이 추운 겨울날
쓸쓸함 거두어 가고

부풀어 키우던 아름다운 사연 데려와
제 자리 앉히려나

뒤척이는 상처를
매만지는 밤은 소리 없이
깊어갈 뿐 아무런 말이 없다

길은 있다

힘들다고 미적 대면
막막한 인생길 벗어나지 못함이다

많은 사람 손 놓고
세상 탓 원망할 때

뜻이 있는 사람들은 지혜로 길을 열어
품은 포부 되새기며

한발 두발 뚜벅이 걸음
전진 또 전진이다

하늘이 무너져도 솟아날 구멍 있다는 말

그 믿음에 의지하면
어떤 것도 두려운 것 없음이다

꿈

내 청춘 눈부신 밝음일 수 없는
뒤안길을 돌아
지금 나는 인생의 가을을
스치고 있다

홍수로 함몰된 땅을 파헤쳐
새로운 토지를 일구듯
쉼 없이 같은 일을 반복 중이다

눈에 보이지 않는 성장

미래를 꿈꾸는 삶이란
절대 만만하지 않은 일이지만
멈출 수 없는 이유는

내 안에 힘센 장정처럼
요지부동 꿈쩍 않는 튼튼한 뿌리

부실하기 짝이 없는 몸 따윈
별일 아니라며
꿈이라는 이름 버티고 있기 때문이다

가을 끝자락

가을이 익나 싶어
눈부신 아침을 열었더니

삶의 한 자락
낙엽 되어 쓸려가고

청잣빛 하늘 한 폭
마음에 담으려니
어느새 앗아가는 구름

파란 귀밑머리
서리 내려 하얀 날

햇살 한 줌 등에 지고
남아있는 잔광을 거두려니

끝물 같은 삶이 반짝 눈을 뜬다

긴 여정 함께할 그대

온실 속 화초처럼 살던 그대가
꿈을 품었을 때
외로움 괴로움 함께 가자
따라나섰다

그대 등 뒤에 내가 서고
또다시 꿈꾸는 이가 있어
줄을 잇는다

때론 좌절의 고통에 몸서리치고
더딘 발걸음엔 한숨 섞인 탄식

그런데도 불구하고

오매불망 성공의 끝자락 부여잡고
그려보는 인생 시나리오

아직은 가야 할 길 멀지만
단단하게 다져진 내공이
빛을 발할 차례이다

바람처럼 달려온 세월
아득하고 까마득할 때
보람으로 다가와 감싸는 훈풍

시련은 깨달음을 낳고
고난은 성공의 씨앗으로 남아
새로운 각오를 다지는 힘이 되더라

긴 여정 함께 할 그대
내 인생에 귀하디귀한 선물

제목 : 긴 여정 함께할 그대
시낭송 : 박영애
스마트폰으로 QR 코드를 스캔하면
시낭송을 감상할 수 있습니다

꽃진 자리

왜 이리 인생이 짧은가요
이것이 우리의 삶인가요
잠시 피어 있다 지는
가녀린 한 송이 꽃이었나요
햇살 눈 부신 어느 봄날에
인연의 씨앗 하나 발아하여
아웅다웅 사는 것이 삶이라더니
간결한 성품 그대로
떠날 때 한마디 인사도 없이
다시 못 올 그 먼 길 오르셨소
바람꽃으로 흔들리며
무표정한 일상에도
시나브로 웃음 주더니
우리의 인연 여기서 끝인가요
가타부타 말없이 가는 길
떠나는 마음 가슴 저미어도
진정 울지는 마오
보내는 마음 못내 아쉬워
더 아주 슬퍼져요

눈물 나게 고운 청명한 가을
무거운 빛 흩뿌리고 떠날 때
무섭지는 않던가요
가는 길 막을 새도 없이
우르르 모여든
새 떼들의 등에 올라
바람 되어 날아간 그대 생각에
지난 여름 마지막 이야기까지 챙겨
무덤 하나 만들고
비문을 새기며 잠을 청해도
더 멀리 달아나는 잠
새벽달이 하얗게 질 때까지
떨어지지 않는 상표 딱지를 떼듯
지워지지 않는 그림자를 지우고
또 지워냅니다

때로는 아픔마저
사랑이었다

황다연 시집

2022년 12월 7일 초판 1쇄
2022년 12월 13일 발행
지 은 이 : 황다연
펴 낸 이 : 김락호
디자인 편집 : 이은희
기 획 : 시사랑음악사랑
연 락 처 : 1899-1341
홈페이지 주소 : www.poemmusic.net
E-Mail : poemarts@hanmail.net

정가 : 10,000원
ISBN : 979-11-6284-413-7